KU-585-713

Cynnwys

Cardiff Libraries
www.cardiff.gov.uk/libraries

Llyfrgelloedd Caerdydd
www.caerdydd.gov.uk/llyfrgelloedd

Calon y Gwir

gan

Judy Waite

Addasiad Meleri Wyn James

ACC. No: 02904353

ARDDEGAU
WA1

Argraffiad Cymraeg cyntaf 2012

Hawlfraint y testun: Judy Waite 2010 ©
Hawlfraint y testun Cymraeg: Meleri Wyn James 2012 ©

ISBN 978-1-78112-148-1

Teitl gwreiddiol: *Twisting the Truth*

Cyhoeddwyd gyntaf ym Mhrydain yn 2010 gan Barrington Stoke Ltd.,
18 Walker Street, Edinburgh, EH3 7LP.

Mae Judy Waite wedi datgan ei hawl dan Ddeddf Hawlfraint,
Dyluniadau a Phatentau 1988 i gael ei chydnabod fel awdur y llyfr hwn.

Cedwir pob hawl. Ni chaniateir atgynhyrchu unrhyw ran o'r
cyhoeddiad hwn, na'i gadw mewn cyfundrefn adferadwy, na'i drosglwyddo
mewn unrhyw ddull na thrwy unrhyw gyfrwng, electronig, electrostatig,
tâp magnetig, mecanyddol, ffotogopïo, recordio, nac fel arall, heb ganiatâd
ymlaen llaw gan y cyhoeddwyr, Barrington Stoke Ltd., 18 Walker Street,
Edinburgh, EH3 7LP.

Cyhoeddwyd yn Gymraeg ym Mhrydain yn 2012 gan Barrington Stoke Ltd.,
18 Walker Street, Edinburgh, EH3 7LP.

Noddwyd gan Lywodraeth Cymru.

Argraffwyd ym Mhrydain gan Bell a Bain Cyf, Glasgow.

Pennod 1
Cenfigen yn y Parc Sgrialu

"Anwen Dafis – dwi'n dy gasáu di," meddai Eli gan sibrwd, er nad oedd neb yn sefyll yn ddigon agos i'w chlywed.

Gwyliodd Anwen yn gwibio heibio'r sgrialwyr eraill. Gwyddai Eli mai dwli oedd cenfigen fel hyn. A ta beth, doedd hi ddim yn casáu Anwen mewn gwirionedd. Prin ei bod yn ei hadnabod. Yr hyn roedd hi'n ei gasáu oedd y ffaith bod Anwen yn sgrialwr gwych. Edrychai'n cŵl ac yn secsi. Ac roedd Peredur Morris yn glafoerio drosti.

"Dere 'mlaen, Peredur, dal fyny achan." Chwifiodd Anwen ei llaw ar Peredur a phwyso ar drwyn y bwrdd sgrialu, gan wibio ymlaen a chynffon y bwrdd yn yr awyr. Roedd ei gwallt melyn hardd wedi ei glymu. Gallai Eli weld y cylchoedd aur yn ei chlustiau. Cyffyrddodd Eli â'i gwallt ei hun. Byr a brown a phigog. Pam roedd hi wedi ei dorri fel yna? Oedd rhywun fel Peredur yn debyg o roi ei fryd ar ferch oedd yn edrych fel draenog?

Sgrialodd Anwen ar hyd ymyl y llethr, yna neidio a throi. Roedd ei thraed fel petaen nhw wedi eu gludo wrth y bwrdd. Llwyddodd Peredur i sgrialu ar hyd y llethr, ond bu bron iddo lithro wrth droi. Estynnodd Anwen ei llaw i'w atal rhag cwympo. Chwarddodd y ddau.

Teimlodd Eli ei bol yn glymau i gyd. Roedd hi'n boenus eu gweld yn gystal ffrindiau. Sylweddolodd Eli ei bod yn magu ei bwrdd ei hun; gwasgai'r olwynion yn erbyn ei chanol.

"Hei, dere 'mlaen, pam rwyt ti'n sefyll fan yna'n gwylio?"

Teimlodd Eli law ar ei braich a throi i weld Gruff Morgan. Gwenodd arni fel giât. "Bydd hi'n tywyllu cyn bo hir. Beth am fynd rownd 'da'n gilydd?" meddai.

Cododd Eli ei hysgwyddau. Roedd Gruff fel rhyw gysgod iddi ym mhobman, eisiau gwneud pethau gyda hi. Roedd cael ei law ar ei braich yn codi ei gwrychyn. Symudodd. "Dwi wedi bod rownd ddwywaith yn barod," meddai. "A ddylwn i ddim bod 'ma o gwbl a dweud y gwir. Dwi fod adre' cyn iddi dywyllu."

"Ffonia dy fam, 'te. Bydd dim ots ganddi hi unwaith y bydd hi'n deall bod criw ohonon ni mas. Ac mae'n ddydd Sadwrn. Does dim ysgol 'fory."

"Does dim charj ar y ffôn. A ta beth, mae sboner newydd gan Mam. Steffan Hughes. Mae e'n byw a bod yn ein tŷ ni. Mae hi fel byw 'da'r prifathro, mae e'n rheoli popeth. Mae Mam yn y gwaith, felly mae e'n meddwl mai fe sy'n gofalu amdana i. Bydd e'n wallgo os bydda i'n cyrraedd adre'n hwyr."

Gwelodd Eli'r siom yn glir ar wyneb Gruff. Tynnodd ei law oddi ar ei braich. Teimlai'n flin drosto. Doedd bywyd ddim yn deg. Roedd hi'n ffansïo Peredur. Roedd Gruff yn ei ffansïo hi.

Byddai pethau cymaint yn haws petaech chi'n ffansïo'r person oedd yn eich ffansïo chi.

Taflodd gipolwg arall ar Anwen. Pwy roedd Anwen yn ei ffansïo? Efallai nad Peredur oedd yn iawn iddi wedi'r cwbl?

Ond roedd fel petai'r "dylwythen annheg" wedi bod yn chwifio ei ffon hud a chreu helynt i Eli eto. Roedd Anwen a Peredur wedi rhoi'r gorau i sgrialu ac roedd Anwen yn pwyso arno. Chwarddodd ar rywbeth roedd e wedi ei ddweud ac edrych arno. Edrychodd yntau arni hithau a gwenu. Roedd y ddau dros eu pen a'u clustiau mewn cariad fel rhyw gariadon cyfoglyd o ffilm ych y fi Disney. Y math o ffilm oedd yn gwneud i Mam ddechrau crio ar brynhawn Sul. Neu o leiaf dyna'r math o beth roedd hi'n ei wylio ar brynhawn Sul cyn iddi ddechrau mynd gyda Steffan. Ers i Mam gwrdd â Steffan doedd hi byth yn eistedd ac ymlacio nac yn mwynhau dim byd. Roedd hi wastad yn brysur yn gwneud yn siŵr bod y tŷ'n daclus. Gwneud yn siŵr bod ei hoff fwyd yn y tŷ. Gwneud yn siŵr bod ganddi'r steil gwallt yr oedd Steffan yn ei hoffi.

Crynodd Eli. Roedd meddwl am Steffan bron yn waeth na meddwl am Anwen a Peredur. Efallai bod ei wyneb golygus a'r llygaid glas disglair yn gwneud Mam mor ddwl â merch ysgol, ond doedd Eli ddim yn ymddiried ynddo o gwbl. Roedd e'n ddyn golygus, ond ai mwgwd oedd hynny? Ffordd o dwyllo menywod unig fel Mam. Trodd at Gruff, "Dwi wedi newid fy meddwl. Dwi'n mynd rownd unwaith eto. Galla i aros am ychydig eto cyn mynd adre'."

Cerddodd Eli at y ramp cychwyn ym mhen pella'r llwybr. Wnaeth hi ddim edrych a oedd Gruff yn dilyn, ond gwyddai y byddai'n siŵr o wneud. Roedd hi'n teimlo'n grac eto. Roedd Gruff yn ei hatgoffa o gi bach pert oedd yn mynd ar eich nerfau.

Roedd e'n sgrialwr anobeithiol hefyd. Ddim yn un cŵl i fod yn ei gwmni a dweud y gwir. Yr unig beth roedd e'n dda am ei wneud oedd rhedeg traws gwlad. Roedd e'n aelod o dîm y sir, ond doedd neb yn poeni taten am rywbeth fel hynny.

Defnyddiodd Eli ei throed er mwyn symud yn ei blaen, rhu'r bwrdd yn boddi ei meddyliau annifyr. Doedd hi ddim yn seren sgrialu bwrdd y dyfodol. Doedd hi ddim yn yr un cae ag Anwen. Ond roedd hi'n iawn. Roedd hi cystal â Peredur. Petai e'n llwyddo i dynnu ei lygaid ci bach oddi ar Anwen a gweld Eli'n troelli heibio, gwyddai na fyddai'n gwneud ffŵl ohoni ei hun. Ond a bod yn onest, roedd pawb o'r pen yma o'r dref yn sgrialwyr eithaf da. Doedd fawr ddim byd arall i'w wneud ar ôl ysgol, oni bai eich bod chi'n un o'r rhai trist oedd yn mynd i'r bale neu ryw weithgaredd diflas arall.

Defnyddiodd Eli ei throed i fynd yn gyflymach. Dyna brofiad iasol, ac roedd yr oerfel yn brathu ei bochau. Gallai deimlo'r awyr rhewllyd yn cydio yn ei gwddf. Roedd hi'n hoffi'r teimlad. Roedd fel petai'r awyr yn ei phuro. Yn rhewi'r pethau cas oedd yn mynd trwy ei meddwl a'i ffyrdd bach pwdlyd. Chwarddodd yn uchel, gan sgrialu'n gynt ac yn gynt. Rhoddodd gynnig ar ei hoff symudiadau i gyd. Peth dwl oedd poeni am Peredur ac Anwen. Peth dwl oedd bod yn flin wrth Gruff. Peth dwl hyd yn oed oedd poeni beth fyddai Steffan yn ei ddweud petai hi'n hwyr. Doedd dim ots am ddim byd. Dim ond y triciau a'r sbinio a'r olwynion stond wrth iddi wibio ar hyd y trac.

Prin yr edrychodd ar Peredur ac Anwen wrth gyrraedd y tro ble ro'n nhw'n dal i siarad. Croeso iddyn nhw gusanu ei gilydd o'r fan hyn i Gwm Sgwt. Doedd dim ots ganddi hi.

Ac yna digwyddodd rhywbeth.

Daeth o'r tu ôl, gan hyrddio yn ei herbyn a pheri iddi hedfan yn ei blaen drwy'r awyr. Saethodd ei bwrdd sgrialu oddi tani a throelli yn yr awyr. Teimlodd ei hun yn troi wrth iddi daro'n galed yn erbyn y llethr.

"O, na, Eli – wyt ti'n olreit? Dwi mor flin."

Gwingodd Eli a gwneud ei gorau glas i ddianc o'i chuddfan o dan gorff trwm Gruff. Gwingodd Gruff hefyd, sefyll ar ei draed, a chynnig ei law i'w helpu i godi. Ond gwrthod a wnaeth Eli.

"Trio naid newydd ro'n i – cic garate. Fe glywais i rywun yn yr ysgol yn disgrifio sut mae 'i gwneud hi." Roedd gofid yn llais Gruff.

6

Rhuodd sgrialwyr eraill heibio'n swnllyd. Gwaeddodd un neu ddau a holi a oedden nhw'n iawn, ond arhosodd neb. Roedd Eli'n ddiolchgar. Roedd yn gas ganddi fod rhywun yn gwneud ffŷs ohoni. Ac roedd yn gas ganddi fod unrhyw un yn ei gweld yn gwneud unrhyw beth o'i le. Gwgodd ar Gruff. "Wel, gafon nhw fawr o hwyl arni, pwy bynnag fuodd yn disgrifio'r gic," arthiodd. "Ti newydd roi cic garate i fi reit yn fy nghefn."

Edrychodd draw yn sydyn, gan gofio eu bod nhw'n agos at Peredur ac Anwen. Rhaid eu bod yn eu dyblau'n chwerthin.

Ond pan edrychodd Eli, doedd hi ddim yn gallu penderfynu beth oedd waethaf. Y ffaith bod Gruff wedi ei tharo pan o'n nhw o fewn hyd braich i'r ddau yna'n caru'n dynn – neu'r ffaith nad oedd y ddau gariad hyd yn oed yn edrych arnyn nhw. Ro'n nhw wedi ymgolli cymaint yn ei gilydd, do'n nhw heb sylwi ar Eli a Gruff o gwbl.

"Wwwwps," sibrydodd Gruff yng nghlust Eli. "Edrych fel tasen ni'n tarfu ar barti preifat."

Aeth Eli oddi yno'n wyllt gacwn a chodi ei bwrdd sgrialu. Roedd ots ganddi am Peredur ac Anwen. Peth ffôl oedd meddwl fel arall. Roedd ei dwylo'n crynu a'i gwddf yn sych o fod mor agos â hyn at y ddau gariad. Roedd fel petai ei chalon yn cael ei gwasgu, yr un ffordd ag y byddai Mam yn gwasgu ei siwmperi ysgol cyn eu hongian ar y lein ddillad.

Dyma sut deimlad oedd poen calon. Dyma oedd bod yn glaf o gariad.

Ac roedd y peth yn uffernol.

"Dwi'n mynd adre'." Fedrai Eli ddim edrych ar Gruff. Roedd gormod o ofn arni y byddai ei llygaid yn bradychu ei theimladau.

"Fe gerdda i 'da ti. Dwi mor flin. Twpsyn â dwy goes chwith." Ceisiodd Gruff gyffwrdd yn ei braich eto.

Gwthiodd Eli ef. "Na. Wir nawr. Does dim ots." A chyn iddo gael cyfle i wneud na dweud dim byd arall, fe redodd ar hyd y llethr a'i bwrdd o dan ei chesail. Gwibiodd trwy fynedfa'r parc sgrialu ac i Lôn y Coed.

Anwen Dafis. Dwi'n dy gasáu di. Anwen Dafis. Dwi'n dy gasáu di. Sychodd ei llygaid. O leiaf doedd Gruff ddim yn ceisio ei dilyn fel ci bach eto. O leiaf fyddai e ddim yn gweld ei bod hi'n crio.

Pennod 2
Ofn ei Chysgod

Cerddodd Eli'n gyflym.

Roedd golau'r prynhawn yn prysur ddiflannu. Tyfodd y coed ar hyd y lôn yn gysgodion llwyd. Wrth i Eli frysio adref, meddyliodd ei bod yn drueni nad oedden nhw wedi gosod lampau stryd pan adeiladwyd y parc sgrialu. Dyna oedd y bwriad. Bu llawer o ffws yn y papur lleol am hyn. Ond roedd yr arian wedi dod i ben a doedd y parc sgrialu heb gael ei orffen yn iawn – nid bod hynny erioed wedi rhwystro unrhyw un rhag ei ddefnyddio.

Crensiodd ei thraed ar haenau o ddail marw wedi rhewi. Yn sydyn teimlai'r awydd i gerdded ar flaenau ei thraed. Doedd bod allan yn hwyr ddim yn beth braf. O feddwl, efallai y byddai aros dan do a dysgu rhywbeth diflas fel bale yn well syniad wedi'r cwbl.

Ac yna, yn sydyn, llamodd ei chalon. Nid tro araf poenus tebyg i'r hyn yr oedd wedi ei deimlo wrth wylio Peredur ac Anwen oedd hwn. Roedd hwn yn debycach i naid ysgytwol. Eiliad o banig.

Roedd rhywun ar y gorwel. Rhywun yn ei gwylio hi.

Ro'n nhw'n aros y tu ôl i'r ffens wrth ymyl cae Mr Bowen. Beth os taw llofrudd gwallgo neu rywbeth tebyg oedd yna?

Arafodd Eli.

Roedd rhan ohoni eisiau troi a dychwelyd, ond byddai hynny'n ei gorfodi i weld Peredur ac Anwen eto. Ac roedd hi bron yn dywyll. Byddai Steffan yn wallgo yn barod. Weithiau credai Eli yn dawel bach bod Steffan wastad yn flin wrthi. Roedd hi'n dod rhyngddo a Mam. Byddai'n well ganddo petai hi ddim yno o gwbl mae'n siŵr.

Fentrai Eli ddim gwastraffu rhagor o amser. Byddai'n rhaid iddi groesi'r lôn a cherdded ar yr ochr arall, dyna i gyd.

Mae'n siŵr mai rhywun yn aros i'w ffrind ddod o'r parc sgrialu oedd yno. Rhywun roedd hi'n ei adnabod o'r ysgol hyd yn oed. Dim byd o gwbl i boeni yn ei gylch.

Ond roedd ei chalon yn curo'n galed o hyd. Efallai mai llofrudd oedd yno. Tybed a allai ei daro'n anymwybodol â'i bwrdd sgrialu pan fyddai'n neidio arni?

Fyddai e'n chwalu ei bwrdd sgrialu hi, neu a fyddai e'n chwalu ei phenglog? Cydiodd yn dynn yn ei bwrdd, yn barod i daro'n galed petai'n rhaid iddi.

Cerddodd ar hyd y ffordd heb edrych i'r naill ochr na'r llall nes ei bod hi bron â mynd heibio. Ac yna cafodd y fath ryddhad fel y chwarddodd yn uchel. Nid llofrudd gorffwyll dychrynllyd oedd yno. Nid unrhyw un o'r ysgol hyd yn oed. Asyn Mr Bowen oedd yno.

"Eli, y wimp mawr," mwmialodd wrthi ei hun. Gan droi at yr asyn gwaeddodd, "Hi-ho!" Yna, i gael ychydig o sbort, gwaeddodd, "Hi-ho!" eto.

Roedd yn eithaf doniol a dweud y gwir, er gwaethaf ei thorcalon. Roedd hi hefyd yn dda gweld bod pobl oedd wedi torri eu calonnau yn gallu gweld yr ochr ddigri.

Dechreuodd redeg yn araf. Efallai mai dim ond asyn oedd wedi ei dychryn, ond byddai'n rhaid iddi wynebu Steffan y ffrîc rheoli cyn bo hir.

Roedd Eli yn dal i redeg pan gyrhaeddodd y brif ffordd. Lôn y Gorllewin. O leiaf roedd goleuadau stryd yno. Roedd hi'n dechrau cael poen yn ei hochr. Er y gwyddai y dylai hi fod yn rhedeg adref nerth ei thraed, roedd yn rhaid iddi gael munud neu ddau i gael ei gwynt ati.

"Esgusodwch fi, bach ..."

Dychrynwyd hi gan lais y dyn.

Doedd hi heb sylwi arno'n cerdded tuag ati o'r cysgodion.

Tybed a ddylai hi geisio ei osgoi a chamu heibio, ond roedd e'n sefyll o'i blaen. Gallai gydio ynddi'n hawdd. Efallai mai cadw ei phen fyddai'r peth callaf. Petai e'n ceisio gwneud unrhyw giamocs roedd hon yn ffordd gymharol brysur. Byddai car arall yn siŵr o ddod a gallai sgrechian a chwifio arno.

"Esgusodwch fi ... Mae'n flin gen i'ch poeni chi, ond dwi'n gobeithio y gallwch chi fy helpu i."

Ro'n nhw o dan lamp stryd a gallai Eli weld ei wyneb yn glir. Petai e'n ymosod, a hithau'n dianc efallai y byddai'n rhaid iddi roi manylion i'r heddlu. Ond, petai hi'n onest, doedd dim golwg bygythiol iawn arno. Roedd e'n eithaf hen a chanddo wallt gwyn ariannaidd a llygaid cyfeillgar.

"Dwi wedi parcio draw fan yna. Dyna fy fan wen i yn y lle parcio."

Syllodd Eli ar y fan. Doedd hi ddim yn ymddiried yn llwyr yn yr hen ddyn yma. Efallai ei fod e'n ceisio ei thwyllo hi. Efallai bod y llofrudd go iawn yn aros yn y fan. Ceisiodd gael golwg ar rif y fan ond roedd hi'n anodd heb wneud hynny'n rhy amlwg. Doedd hi ddim eisiau i'r hen ddyn synhwyro nad oedd hi'n ymddiried ynddo.

Chwifiodd rywbeth yn yr awyr. "Mae'r ardal yma'n ddieithr i mi a does dim petrol ar ôl. Mae can petrol gen i, ond does dim syniad gen i pa ffordd i fynd. Allwch chi ddangos i mi ble mae'r orsaf betrol agosa'?"

Edrychodd Eli arno. Asyn yn gyntaf – nawr hen ddyn diniwed heb betrol. Byddai ei hathro Saesneg wrth ei fodd o weld fod ganddi gymaint o ddychymyg. Petai hi ond yn gallu ysgrifennu'r cyfan yn ei thraethawd nesaf yna byddai'n siŵr o gael A*.

"Ffor 'na – 'nôl ar hyd y lôn hon yna trowch i'r chwith. Tesco mawr newydd. Bydd yn ddigon amlwg."

"Ry'ch chi'n angel wedi ei hanfon i fy achub i." Gwenodd y dyn arni, gwên gynnes a chyfeillgar. Cododd ei fawd, ac yna aeth yn ei flaen.

Cerddodd Eli heibio'r fan, gan droi unwaith i gael golwg ar y rhif. Doedd hi ddim hyd yn oed yn siŵr pam y gwnaeth hi hynny – roedd hi'n ddwl peidio, dyna i gyd, gan ei bod hi mor hawdd gwneud hynny nawr.

G472 PJM

PJM – dyna lythrennau cyntaf enw Peredur. Fe wyddai hynny achos un tro roedd hi a Jen Rhys wedi edrych yn slei ar gofrestr yr adran uwch.

PJM. Peredur James Morgan.

Oni bai am hynny, fyddai hi ddim wedi ei gofio, mae'n siŵr. Doedd hi ddim cystal â hynny am gofio pethau.

PJM. Piti mai'r tair llythyren yma oedden nhw.

Roedden nhw'n creu cyffro yn ei chalon. Bu'n breuddwydio am Peredur James Morgan yr holl ffordd adref. Petai ond yn gallu meddwl am ffordd i gael gwared ar Anwen.

Pennod 3
Celwydd Golau

Am unwaith, doedd y "dylwythen annheg" ddim yn creu helynt.

Doedd Steffan heb gyrraedd eto.

Goleuodd Eli'r golau yn y cyntedd a chuddio ei bwrdd sgrialu yn dwt yn y cwpwrdd o dan y grisiau. Yna tynnodd ei sgidiau ymarfer a'u gosod ar bwys y rhes daclus o sgidiau. Doedd dim ots mai dim ond hen le llawn rwtsh oedd hwn ble ro'n nhw'n arfer cadw pob math o annibendod. Byddai Steffan yn mynd o'i gof petai hyd yn oed un welington yn y lle anghywir.

Rhoddodd ei siaced ar fachyn drws y gegin a rhoi'r cyswllt yn y ffôn symudol er mwyn charjo'r batri. Yna brysiodd i fyny'r grisiau i'w stafell ac at ei chyfrifiadur.

Munudau'n ddiweddarach roedd hi'n chwilio am "Hanes: Yr Ail Ryfel Byd" ar Google. Roedd Steffan yn dwlu ar yr Ail Ryfel Byd. Roedd e fel tôn gron yn pregethu cymaint o les a wnâi brwydr dda i'r math o bobl ddi-asgwrn-cefn roedd hi'n ffrindiau â nhw.

A'r safle yn saff ar y sgrin, cliciodd ar "Negesydd".

Da iawn. Roedd Jen ar-lein. Gallai Eli siarad â Jen am Peredur ac Anwen. Gallai agor ei chalon a'i henaid trwy'r bysellfwrdd.

Hi Jen. tn ok?

gwd – st wt t?

d cael uffar o siom. Peredur n cru rhw1 arall. C

be! st n y byd?

Anwen Dafis. o fl 10.

poen din. ond ma psgod erill n y môr (math o rwtsh ma Mam fn dweud).

f fyd. pam n y byd ma nhw n meddwl bo ni ise mnd mas da psgod?

C M.

Y foment honno clywodd Eli ddrws car yn cau. Roedd Steffan wedi cyrraedd. Roedd hi wedi anghofio mor dawel roedd injan y Toyota crand yn rhedeg – nid fel car Mam. Gallai glywed hwnnw'n chwyrnu filltiroedd i ffwrdd.

sri. gorro mnd. Mr Diflas nôl. Gweld t C M x

gweld t C M x

Gadawodd "Negesydd" a dechrau sgrolio drwy dudalennau "Hanes: Yr Ail Ryfel Byd" fel petai syllu ar luniau niwlog o ddynion mewn tanciau yn fodd i fyw.

"Eli!" Gwaeddodd Steffan o waelod y grisiau. Roedd ei lais yn llawn cynddaredd. Yn barod i'r frwydr. "Dere lawr y funud hon!"

Daro! Doedd cynllun Google gwych Eli ddim wedi gweithio. Doedd e ddim hyd yn oed yn mynd i ddod i'w stafell i weld cystal merch oedd hi. Ond doedd tôn ei lais ddim yn un y gallai fentro ei anwybyddu.

Cyrhaeddodd ben y grisiau. Sgyrnygodd arni. Doedd hi erioed wedi ei weld yn edrych mor grac. Yn welw ei wyneb. Ei lygaid yn dywyll a dieithr. "Ble rwyt ti wedi bod?"

"Ces i broblem." Roedd angen esgus ar Eli, a hynny'n gyflym.

Roedd Steffan yn dal i weiddi.

"Dwi wedi bod yn chwilio amdanat ti. Poeni f'enaid. Gyrru i bobman yn y tywyllwch."

Cerddodd Eli i lawr y grisiau tuag ato. Doedd hi ddim eisiau mynd yn agos ato, ond gwyddai y byddai'n taranu eto os na fyddai'n gwneud. Efallai y dylai hi ddweud wrtho ei bod wedi cwympo oddi ar ei bwrdd sgrialu? "Sori, fe ges i amser gwael. Fe ..."

"Paid â thrafferthu. Galla i ddyfalu beth fydd dy esgus tila di. Fe gwympest ti oddi ar y bwrdd sgrialu. Neu bach o'r rwtsh 'na ti'n dweud wrth dy fam. Ond dyw hi ddim 'ma ar hyn o bryd, a dwi'n disgwyl ateb call." Estynnodd ei law a chydio ym mraich Eli, gan afael ynddi'n dynn.

"Plîs – gad lonydd i fi." Roedd hi'n crynu. Doedd e erioed wedi cyffwrdd ynddi o'r blaen. Roedd e'n gafael ynddi mor galed, roedd hi'n siŵr y byddai'n cleisio.

"Y stori 'ma sy ar fin dod o dy geg di – gwell iddi fod yn un dda," chwyrnodd. "Trïais i dy ffôn di – ro't ti wedi ei ddiffodd. Dwi wedi bod yn gyrru ar hyd pob stryd yn y blincin tre' 'ma. Dwi wedi bod yn aros i holi pobl hyd yn oed."

Yn sydyn daeth rhywbeth i feddwl Eli. Cafodd syniad. Cofiodd am y dyn yn y fan wen – y ffordd roedd e wedi ei stopio hi.

Edrychodd i fyw llygaid dig Steffan. "Os wnei di ollwng gafael arna i am funud, fe ddweda i wrthot ti beth ddigwyddodd. Y gwir. Roedd yn uffernol."

Cododd Steffan ei aeliau. Gallai Eli weld yn barod nad oedd e'n ei chredu hi. Byddai'n rhaid iddi weithio'n galed i'w berswadio.

"Ro'n i'n cerdded adre' o'r parc sgrialu. Fe fyddwn i wedi cyrraedd adre' mewn pryd, ond fe alwodd yr hen ddyn 'ma arna i. Roedd e'n sefyll ar bwys hen fan wen."

"Cer yn dy flaen. Gobeithio bod hwn yn werth ei glywed."

Cnodd Eli ei gwefus. Llwyddodd i wneud i'w llais grynu. A doedd hi ddim yn anodd gwneud i'r dagrau lifo chwaith – roedd ei braich yn boenus wedi'r cwbl. "Dwi'n gwybod i mi wneud peth twp, ond chlywes i ddim beth ddwedodd e i ddechrau. Felly es i'n nes. Roedd e'n dweud ei fod e ar goll. Roedd e eisiau i mi edrych ar y map. Roedd y map ar sedd ffrynt y fan. Dwedais i 'mod i ddim eisiau mynd i mewn i'r fan, ond roedd e'n gafael yn dynn yn fy mraich." Edrychodd lle roedd Steffan yn gafael ynddi.

Edrychodd yntau hefyd. Teimlodd ei law yn llacio.

"Beth ddigwyddodd nesa'?" Roedd llais Steffan yn grynedig ac yn ddieithr.

"C-ciciais i fe. Cafodd e sioc dwi'n credu. Rhegodd e, ond llwyddais i gael fy nhraed yn rhydd. A rhedais."

"Ydw i'n clywed hyn yn iawn? Fe drïodd rhyw berfert dy orfodi di i fynd i mewn i'w fan?"

Nodiodd Eli. Doedd hi ddim yn anodd dweud celwydd. Dim mewn gwirionedd. Wedi'r cwbl, roedd hi wedi rhyw ddychmygu hynny'n digwydd yn barod. "Rhedais i am tua phum munud, ond yna ges i boen yn fy ochr. Ro'n i'n methu anadlu. Felly fe es ar hyd y stryd gul rhwng y siop bapur a'r siop drin gwallt. Ti'n gwybod – y lôn yna? Cuddiais yno. Do'n i ddim yn gwybod beth arall i'w wneud."

"Ddaeth e ar dy ôl di? Welaist ti fe'n mynd heibio?" Roedd Steffan wedi ei gollwng yn llwyr nawr. Roedd e'n syllu arni.

"Na. Cuddiais i yno am oes. Roedd cymaint o ofn arna i. Yn y diwedd ro'n i mor oer penderfynais i fentro a cherdded adre'r ffordd hir."

"A'r perfert 'ma – ble yn union y stopiodd e ti?"

"Roedd e wedi parcio yn y lle parcio. Heibio'r fynedfa i Lôn y Coed."

20

Tynnodd Steffan allweddi ei gar o'i boced, a throi tuag at y drws ffrynt. Yna oedodd am eiliad a throi 'nôl. "Wnest ti ddim digwydd cymryd rhif y fan?"

"Y rhan fwya' ohono fe. Rhywbeth rhywbeth rhywbeth PJM. Dwi wedi anghofio'r rhifau."

Nodiodd Steffan. "Merch dda. Nawr aros fan hyn, yn y tŷ."

"I ble rwyt ti'n mynd?"

"I'w ffeindio fe, wrth gwrs. I weld beth oedd ei gêm fach e." Oedodd, yna ychwanegodd, "Gwell i ti beidio ffonio dy fam na dim byd fel 'na, cofia. Dy'n ni ddim eisiau iddi boeni. Ti'n gwybod fel mae hi."

Syllodd Eli ar ei ôl wrth i ddrws y ffrynt gau. Dihunodd Toyota Steffan gan ganu grwndi yn ysgafn. Dyna Steffan i'r dim, eisiau dal y dyn ar ei ben ei hun, yn hytrach na ffonio'r heddlu. O leiaf roedd hynny'n beth da. Roedd hi'n teimlo'n eithaf balch ohoni ei hun wrth ddweud y stori, ond y peth diwethaf fyddai hi ei eisiau fyddai gorfod ei hailadrodd wrth yr heddlu.

Cafodd Eli un syniad ofnadwy wnaeth ei dychryn hyd at fêr ei hesgyrn a dychmygodd Steffan yn dal yr hen ddyn a rhoi cweir go iawn iddo. Ceisiodd beidio â meddwl am ei wên gyfeillgar. Ceisiodd beidio â meddwl sut y

byddai'n edrych heb ei ddannedd. Ond go brin
y digwyddai hynny. Byddai'r dyn wedi mynd i
Tesco, dychwelyd i'r car a llenwi ei danc erbyn
hyn. Byddai ar ei ffordd i ble bynnag roedd e'n
mynd. Doedd e ddim yn ddyn lleol, felly doedd
dim gobaith y byddai Steffan yn ei weld yn gyrru
yn rhywle yn y dref.

Oedd hi'n siŵr?

Pennod 4
Newyddion Drwg

Ni chafodd y dyn yn y fan wen gweir gan Steffan.

Daeth Steffan adref ac roedd ganddo sglodion a physgod.

Brysiodd Eli i osod y bwrdd.

Rhwystrodd Steffan hi. "Dere i ni gael swper ar ein côl a gwylio teledu gyda'n gilydd," meddai.

Syllodd Eli arno. Oedd e wedi cael personoliaeth newydd neu rywbeth? Efallai bod dynion bach gwyrdd wedi dwyn y Steffan arall ac anfon yr un ffug yma yn ei le? Beth oedd yr ots? Roedd hi'n cael sglodion a physgodyn. Roedd hi'n mynd i wneud mochyn ohoni ei hun o flaen y teledu. Ac am y tro cyntaf ers i Mam ddechrau mynd gyda Steffan, meddyliodd efallai nad oedd e'n gymaint o hunllef wedi'r cwbl.

Fe wylion nhw sioe gwis a rhaglen wyddoniaeth am geir y dyfodol. Roedd y ddau yn eithaf diflas ond wnaeth Eli ddim cwyno. O leiaf doedd hi ddim yn cael ei gorfodi i wylio rhaglenni dogfen am yr Ail Ryfel Byd.

"Fe gliria i'r platiau 'ma." Cododd Steffan o'i gadair. "Dwi eisiau gwneud yn siŵr bod popeth wedi ei glirio cyn i dy fam ddod 'nôl."

Syllodd Eli arno eto. Beth nesaf? Byddai'n awgrymu eu bod nhw i gyd yn chwarae Scrabble yn nes ymlaen.

Gwell peidio â'i annog ormod, penderfynodd. Roedd yna ben draw, wedi'r cwbl. "Os yw hi'n iawn 'da ti, fe af i 'nôl ar y cyfrifiadur."

Arhosodd am y bregeth am y drwg roedd cyfrifiaduron yn ei wneud i'r ymennydd. Arhosodd am y rhybudd am "safleoedd amheus". Arhosodd am y rhybudd ei fod e'n gallu gweld pa safleoedd roedd hi wedi bod yn chwilio amdanyn nhw ar Google.

Yn lle hynny fe wenodd – peth dychrynllyd a dweud y lleiaf. "Paid â bod yn rhy hir. Dwyt ti ddim eisiau blino dy lygaid."

Rhedodd i fyny'r grisiau. Mynd o'i ffordd cyn gyflymed â phosib oedd orau. Doedd hi ddim am fentro gwneud unrhyw beth fyddai'n newid ei hwyliau eto.

Cliciodd ar "Negesydd".

Hi Jen. wt t na?

Ni chafodd ateb. Ystyriodd Eli anfon neges testun ati yn dweud wrthi am fynd ar-lein, yna cofiodd bod ei ffôn yn charjo yn y gegin. Roedd hi'n saffach aros ble roedd hi.

Aeth at Google yn lle hynny a chwilio'r safleoedd sgrialu. Roedd byrddau sgrialu cŵl iawn ar werth. Un ail-law o sêl cist car oedd ganddi hi, ond petai Steffan yn dal mewn hwyliau da, efallai y gallai ofyn am un drud yn anrheg Nadolig. Roedd Steffan yn hoffi pethau drud.

Nid y Toyota crand oedd yr unig beth. Roedd Mam byth a hefyd yn siarad am y fflat hyfryd oedd ganddo ym mhen pella'r dref. Roedd wedi mynnu prynu dillad newydd i Mam, hyd yn oed, ar ôl cwyno bod ei hen wardrob yn siep.

Mae'n bosib felly y byddai e'n teimlo'r un peth am hen fwrdd sgrialu rhacs Eli? A phetai e ddim? Wel, roedd hi'n braf byw mewn gobaith.

Roedd hi'n brysur ar Google. Llanwodd y sgrin â lluniau o fyrddau cŵl a secsi.

Roedd Eli ar goll yn llwyr yn ei breuddwyd am gael Diafol Glas, y bwrdd sgrialu gorau yn y byd, fel na sylwodd ar Mam yn sefyll yn y drws nes iddi alw ei henw. "Eli!"

"Hei, sut oedd gwaith?" Cododd Eli un llaw, heb droi.

"Eli, mae rhywun 'ma sy am dy weld. Lawr llawr."

"I fi?"

"Yr heddlu."

Trodd Eli yn gyflym a syllu ar Mam. "Pam – beth sy wedi digwydd?"

"Maen nhw eisiau gair am ferch o dy ysgol di. Mae'n debyg dy fod ti wedi gadael y parc sgrialu ychydig bach o'i blaen."

"A ... ?"

"Dyw hi ddim wedi cyrraedd adre'."

Crynodd Eli, fel petai bys rhewllyd yn symud ar hyd asgwrn ei chefn. Cofiodd mor ddychrynllyd oedd Lôn y Coed. Efallai bod ei greddf wedi synhwyro rhywbeth drwg wedi'r cwbl?

"Pwy yw'r ferch?"

Siglodd Mam ei phen. "Neb ro'n i wedi clywed amdani. Dwi'n meddwl ei bod hi ychydig bach yn hŷn na ti. Anwen Dafis yw ei henw."

Cafodd Eli ei chyfarch gan heddwas yn y stafell ffrynt. "PC Dafis ydw i. Dyma fy nghyd-weithiwr, PC Jones."

Edrychodd Eli ar yr heddwas arall. Gwenodd arni'n gyfeillgar, ond ni allai Eli wenu. Roedd hi'n teimlo'n rhy sâl. Roedd ei meddwl yn llawn lluniau tywyll o'r hyn y gallai Anwen fod yn ei ddiodde'r funud hon. Roedd bai mawr arni am feddwl pethau drwg amdani fel y gwnaeth. Beth petai rhywbeth ofnadwy wedi digwydd iddi?

Ac ar ben hynny roedd Eli ar fin ei chael ei hun mewn twll. Byddai'n rhaid iddi gyfaddef ei bod wedi dweud celwydd am ddyn y fan wen.

Daeth Steffan â the i'r ddau heddwas. Roedd yn ymddangos fel petai wedi cynhyrfu.

Dyfalodd Eli mai'r ffaith ei fod yng nghwmni pobl mewn iwnifform oedd yn gyfrifol am hynny. Mae'n siŵr bod yr heddlu'r un mor ddiddorol â milwyr yn ei feddwl ef. Gwelodd Eli bod y ffrîc rheoli ar fin meddiannu Steffan unwaith eto. Ac os nad oedd hynny wedi digwydd eto, fe fyddai'n digwydd yn fuan iawn, unwaith iddi gyfaddef y gwir. Teimlai'n swp sâl unwaith eto. Roedd ei dwylo'n crynu.

"Eistedda, Eli, does dim byd i boeni yn ei gylch." Nodiodd PC Dafis ar PC Jones, a gwasgu botwm y recordiwr bach du. "Mae angen i ni recordio'r cyfweliad, fel ein bod yn gallu gwrando arno yn nes ymlaen. Wyt ti'n hapus â hynny?"

Nodiodd Eli ei phen. Roedd ei cheg yn sych gan ofn. Oedd hi'n drosedd dweud celwydd ynglŷn â pham roeddech chi'n hwyr yn cyrraedd adref?

Eisteddodd ar ymyl y soffa.

Synhwyrodd fod pawb yn ei gwylio, yn aros i weld beth roedd hi'n mynd i'w ddweud.

Gofynnodd PC Dafis ei henw a'i hoedran. Gofynnodd am y parc sgrialu. Pwy oedd yno? Pa amser oedd hi pan adawodd Eli? I ble roedd hi wedi mynd?

Atebodd Eli yn dawel, a syllu ar y carped.

Gallai glywed Steffan yn anadlu.

Fyddai e'n dechrau gweiddi a'r heddlu yno?

"Yn ôl yr wybodaeth sydd gennym ni roedd 'na ddyn ifanc yn siarad ag Anwen ar y trac. Peredur Morris. Wnest ti sylwi ar y ddau ohonyn nhw'n cweryla, neu a oedden nhw'n edrych yn anhapus yng nghwmni ei gilydd?"

Edrychodd Eli arno yn sydyn. Oedd yr heddlu'n meddwl bod Peredur wedi gwneud rhywbeth? "Mae Peredur yn foi grêt," meddai'n gyflym. Er ei bod hi mewn hwyliau drwg ar ôl gweld y ddau gyda'i gilydd, doedd hi ddim yn mynd i ddweud pethau drwg amdano. Dim peryg. "Fyddai e byth yn brifo neb."

Edrychodd PC Dafis i fyw ei llygaid. Gwelodd Eli ei bod hi'n codi ei haeliau dipyn bach. Yna dychwelodd at y cwestiynau. "Ac unwaith roeddet yn cerdded adre', Eli, welaist ti unrhyw beth od?"

Roedd Eli'n dawel am funud.

Gwelodd Steffan yn edrych arni. Roedd ei lygaid yn ddisglair a llachar. "Mae'n iawn, Eli. Dwi wedi dweud wrthyn nhw."

Llyncodd Eli. Sut roedd hi'n mynd i ddweud stori wahanol wrth PC Dafis? "Do'n ... do'n i ddim ..." Oedodd, gan syllu eto ar y carped.

"Does dim angen i ti boeni am ddim byd. Mae Steffan wedi rhoi lot o wybodaeth i ni. Rhif y fan, hyd yn oed. Rwyt ti'n ferch glefer iawn i gofio manylion fel 'na. Yr unig beth sy eisiau nawr yw i ti ddweud wrtha i'n union beth ddigwyddodd."

Caeodd Eli ei llygaid. Gallai weld yr hen ddyn yn glir fel grisial. Cofiodd ei lygaid cyfeillgar. Fydden nhw ddim yn hir cyn dod o hyd iddo.

Gallai ddychmygu car yr heddlu yn sgrechian y tu ôl iddo ar y drafffordd. Neu efallai mai heddwas fyddai'n dyrnu ar ddrws ei dŷ.

Gwyddai Eli fod ei llais yn crynu. "Wnes i ddim ..."

Yn sydyn canodd radio heddlu PC Dafis. "Esgusoda fi, Eli, rhaid i mi ateb hwn. Efallai ei fod yn bwysig."

Eisteddodd Eli, mewn cwmwl o ddiflastod, gan wrando ar y sgwrs unfforddd. "Wela i. Ie. Gwych. Gwell na'r disgwyl 'te."

Trodd at Eli eto. "Newyddion pwysig," meddai'n gadarn. "Cyn i ti ddod o'r llofft, ffoniais i'r swyddfa gyda'r wybodaeth gawson ni gan Steffan. Aeth heddwas i'r lle parcio. Mae e newydd ddod o hyd i glustdlws aur yn y gwter. Roedd pethau eraill yno hefyd ry'n ni'n gwybod eu bod yn eiddo i Anwen. Ry'n ni wedi ffonio'r arbenigwyr fforensig, ac fe fyddan nhw'n eu hastudio nhw i gyd yn ofalus. Maen nhw'n archwilio popeth, maen nhw'n gwybod sut i chwilio am gliwiau." Gwenodd wên fach gul. "Newyddion gofidus, dwi'n gwybod, ond mae'n dystiolaeth berffaith. Dyma'r dyn ry'n ni'n chwilio amdano. A diolch i ti, gallwn ddod o hyd iddo'n hawdd."

Edrychodd Eli ar PC Dafis.

Clywodd Steffan yn anadlu'n hir ac yn isel. Fel ochenaid o ryddhad. Roedd e'n poeni mwy am hyn nag yr oedd hi wedi sylweddoli. Roedd e'n berson llawer mwy ffeind nag roedd hi wedi meddwl.

A'r dyn yn y fan wen? Wel, roedd hi'n anghywir, mae'n rhaid.

Roedd y dystiolaeth yn glir.

Gallai fod yn gwneud rhywbeth ofnadwy i Anwen y funud hon. Beth os oedd e'n ei threisio hi? Beth os oedd e'n ei lladd? Aeth y bys rhewllyd ar hyd asgwrn ei chefn a hithau'n teimlo yn oerach ac yn oerach. Dechreuodd Eli grynu a chrynu. Rhaid ei fod eisiau gwneud y pethau yna iddi hi hefyd. Felly doedd dim ots nawr os oedd hi'n ailadrodd ei chelwydd. Cythraul milain oedd y dyn yn y fan wen. Roedd gan Eli'r gallu i roi stop arno.

"Roedd e'n ofnadwy," dechreuodd, gan edrych yn syth i wyneb PC Dafis. "Fe driodd e fy nhwyllo i. Ro'n i'n meddwl 'mod i'n mynd i farw."

Pennod 5
Criw Ysgol

Roedd hi'n fore dydd Llun.

"Wyt ti'n siŵr dy fod ti'n iawn?" Stopiodd Mam y car mor agos at gatiau'r ysgol ag y gallai.

Roedd fan wen wedi ei pharcio ar ochr arall y stryd. Doedd hi ddim yr un maint â'r un roedd yr hen ddyn yn ei gyrru. Doedd hi ddim yr un fath.

Ond crynodd Eli wrth ei gweld serch hynny. Y noson cynt roedd wedi breuddwydio bod yr hen ddyn wedi dod i chwilio amdani. Roedd e'n gwenu. Roedd gwaed ar ei wefusau.

"Dwi'n iawn, Mam. Diolch am y lifft." Aeth Eli allan o'r car a brysio heibio'r fan heb edrych y tu mewn iddi.

Roedd Jen a Gruff yn sefyll wrth y gatiau, yn aros amdani. Roedd criw o ddisgyblion eraill yn sefyll gyda nhw. Y sgrialwyr eraill o nos Sadwrn oedd y rhan fwyaf ohonyn nhw.

Daethon nhw ati'n un dyrfa, gan saethu cwestiynau. Roedd hi'n amlwg bod Robert James wrth ei fodd gyda'r hanes. "Wnest ti ei weld e go iawn?"

Edrychodd Eli draw wrth i fachgen o'r flwyddyn gyntaf ddringo o'r fan wen a chodi ei law ar y gyrrwr. Tad rhywun oedd e, dyna i gyd. Dim byd i boeni amdano. Ond roedd hi'n crynu unwaith eto.

Fe wnaeth y criw gydgerdded â hi tuag at adeilad yr ysgol.

"Wyt ti'n meddwl ei fod e wedi ymosod ar Anwen?" gofynnodd Lili Thomas.

"Dwi'n siŵr ei fod e wedi ei threisio," ychwanegodd Catrin Foster.

Roedd hyn yn fwy cyffrous fyth i Robert. "Wyt ti'n meddwl ei bod hi wedi cael ei thrywanu, neu ei chrogi?"

Daeth llun i feddwl Eli. Yr hen ddyn, yn gwenu fel giât arni. Gwên ddychrynllyd oedd yn codi ofn. Roedd yn codi ei freichiau, ond y tro hwn doedd e ddim yn chwifio can petrol o'i blaen. Roedd e'n estyn ati ac yn tynhau ei ddwylo o amgylch ei gwddf.

Ceisiodd gerdded yn gynt, i ddianc rhag yr holl gwestiynau, ond cerddai pawb arall yn gynt hefyd. Pawb a'i gwestiwn, pawb a'i farn. Crychodd Catrin ei thalcen. "Oedd golwg dreisgar ar yr hen ddyn?"

"Beta i ei bod hi wedi marw erbyn hyn," ochneidiodd Lili.

"Eli, gallet ti fod wedi marw erbyn hyn hefyd." Gruff oedd yr unig un oedd yn swnio'n ofidus. "Fe ddylwn i fod wedi dy hebrwng di adre'. Fe ddylwn i fod wedi gofalu ar dy ôl di."

"Petait ti wedi gwneud hynny, fyddai hi byth wedi cael rhif y fan," oedd dadl Catrin. "Fyddai gan yr heddlu ddim cliwiau i'w helpu."

"Byddai pob merch yn yr ysgol mewn perygl," torrodd Robert ar eu traws.

"Mae hynny'n wir o hyd," meddai Jen, wrth iddyn nhw gyrraedd y prif ddrysau. "Dy'n nhw ddim wedi dod o hyd i'r hen berfert eto. Efallai bod rhif ffug ganddo ar y fan neu rywbeth."

Syllodd Lili ar Eli fel petai hi'n arwres. "Ond roeddet ti'n anhygoel yn cofio'r rhif yna."

Cyffyrddodd Jen â braich Eli. "Dere 'mlaen. Gad i ni fynd i rywle mwy tawel. Byddan nhw'n gofyn am dy lofnod di mewn munud."

Gadawodd Eli i Jen ei harwain i ffwrdd. Roedd hi'n methu meddwl yn gall. Daliai i feddwl am Anwen yn cael ei chrogi a'i gadael yn y gwter. Neu'n gorwedd mewn pwll o waed a chyllell yn ei brest. Beth os oedd y rhif yna'n ffug? Gallai dyn y fan wen fod yn aros amdani heibio unrhyw gornel. Hi fyddai'r nesaf ar ei restr?

Fe gerddon nhw ar hyd y coridor tuag at doiledau'r merched.

"Eli?" Roedd y llais y tu ôl iddi. Edrychodd Eli o'i chwmpas – ac fe neidiodd ei chalon din-dros-ben.

Roedd Peredur yn sefyll yno. "Gawn ni siarad?"

Fe ddiflannodd yr holl luniau ffilmiau arswyd a lanwai ben Eli. Teimlodd Jen yn procio ei hasennau. Fentrai hi ddim edrych ar Jen achos roedd hi'n ofni y byddai'n chwerthin yn uchel. Tynnodd ei bysedd trwy ei gwallt draenog, cyn sylweddoli ei fod yn mynd i edrych yn waeth, siŵr o fod. Ac yna cofiodd am Anwen a theimlodd gywilydd ei bod yn poeni am rywbeth mor ddibwys â'i gwallt.

"Fe a i 'mlaen." Pwniodd Jen ei hasennau eto. "Gyrra neges testun pan fyddi di'n barod."

Aeth Jen yn ei blaen, gan adael Eli a Peredur yn syllu ar ei gilydd.

Teimlai pengliniau Eli fel jeli. Rhaid ei bod hi'n cochi fel bitrwt.

Gwelodd y criw sgrialu nhw. Gwaeddodd Robert, "Hei, Peredur. Clywon ni dy fod ti yn jael. Beth ddigwyddodd?" Brysiodd pawb ar hyd y coridor tuag atynt.

"Shwt gest ti dy draed yn rhydd gan yr heddlu?" Lili oedd y gyntaf i'w cyrraedd.

"Glywest ti rywbeth am Anwen?" Gwthiodd Catrin heibio iddi.

Roedd sŵn wedi blino ar Peredur, "Ces fy holi yn yr orsaf. Ces i ddod yn rhydd bore ddoe. Sai'n gwybod dim byd arall. Nawr rhowch lonydd i fi. Dwi wedi blino'n rhacs."

Fe aeth ambell un o'r criw sgrialu at Peredur a siglo'i law neu ei daro'n ysgafn ar ei gefn. Yna fe aethon nhw yn eu blaenau'n araf bach, gan fwmial siarad yn isel.

"Dere 'mlaen. Gad i ni fynd i rywle tawel."
Aeth Peredur ac Eli trwy'r prif ddrysau, ac i
gyfeiriad y caeau chwarae.

Roedd ei gael mor agos ati wrth iddyn nhw
gerdded yn deimlad gwych.

Roedd hi'n oer, y borfa'n crensian gan farrug
y bore.

"Dere i ni eistedd fan hyn." Anelodd Peredur
at fainc ger maes parcio'r staff.

Eisteddodd Eli yn ei ymyl. Teimlai'n swil
ac yn ddwl. Gobeithiai na fyddai'n disgwyl iddi
ddweud dim byd call. Roedd ei deimlo mor agos
â hyn wedi troi ei hymennydd yn un jeli mawr
crynedig.

Trodd Peredur tuag ati. "Ro'n i eisiau diolch i
ti."

"Am beth?" Syllodd Eli arno gan sylwi am y
tro cyntaf mor welw oedd ei wyneb. Mor bantiog
oedd ei lygaid. Ac mor drist.

Estynnodd ei law a gwasgodd ei bysedd.
Ciledrychodd Eli ar ei law yn gwasgu ei llaw
hithau. Roedd y teimlad yn un cynnes. Petai e
ond yn gwneud hyn am reswm gwahanol. "Fe
drion nhw roi'r bai arna i i ddechrau," meddai'n
dawel. "Ro'n nhw'n fy amau i."

"Pam?" crychodd Eli ei thalcen.

"Fi oedd y person ola' i gael ei weld gydag Anwen. Fi adawodd gyda hi. Fe wnes i gerdded gyda hi mor bell â Lôn y Gorllewin. Ond ro'n i'n hwyr. Ro'n i fod i fynd i barti teulu, felly fe adewais i hi wedi i ni fynd heibio cae yr hen Mr Bowen. Fyddwn i byth wedi gadael iddi fynd ar hyd Lôn y Coed ar ei phen ei hun, ond feddyliais i erioed y byddai rhywbeth yn digwydd iddi ar y ffordd fawr." Trawodd ei ben-glin â'i ddwrn, fel petai e'n ceisio rhoi crasfa iddo'i hun.

Teimlai Eli boen yn ei chalon, o glywed y boen yn ei lais. Roedd y boen yn rhannol drosto fe – yn rhannol drosti hi. Ond gwyddai hefyd nad oedd ots bellach nad oedd e'n ei ffansïo. Roedd e'n dipyn o foi. Roedd hi'n lwcus ei bod yn ei adnabod. Unwaith y byddai'r hunllef hon ar ben, efallai y gallen nhw fod yn ffrindiau o leiaf.

"Hei – chi'ch dau!"

Cododd Eli ei phen a gweld Gruff yn prysuro tuag atynt.

Roedd Peredur yn dal i gydio yn ei llaw a sylwodd Gruff ar hynny yn syth. Gwelodd Eli ei wyneb yn gwelwi cyn iddo edrych draw. A chlywodd y boen yn ei lais wrth iddo siarad. "Mae Miss Lewis wedi fy anfon i'ch nôl chi. Mae'r heddlu ar eu ffordd. Mae newyddion ganddyn nhw."

Pennod 6
Wyneb y Diafol

Eisteddodd Eli yn sedd gefn car yr heddlu. PC Dafis oedd yn gyrru. Eisteddai PC Jones nesaf ati. Taniodd PC Dafis yr injan, a gyrron nhw yn eu blaen trwy gatiau'r ysgol.

"Dwi ddim yn deall," meddai Eli wrth PC Jones. "Chi newydd ddweud bod Anwen wedi cael ei ffeindio yng nghae Mr Bowen. Ei bod hi'n gorwedd ar lawr sied yr asyn. Yn anymwybodol. Ond does bosib na fyddai cŵn yr heddlu wedi dod o hyd iddi yno nos Sadwrn?"

Edrychodd PC Jones ar Eli. "Dyw hi ddim wedi bod yno'r holl amser 'ma. Ry'n ni'n credu iddi gael ei gadael yno yn gynnar y bore 'ma. Mae hi wedi cael ei chadw yn rhywle arall. Mae hi wedi dod ati ei hun rywfaint ers iddi fod yn yr ysbyty, ond mae hi'n dal yn ddryslyd iawn o hyd."

"O leia' mae hi'n fyw." Cofiodd Eli'r holl siarad am drywanu a chrogi yn gynharach y diwrnod hwnnw. Meddyliodd sut y byddai Peredur yn teimlo nawr. Roedd hi'n hapus ar ei ran. Yn hapus iawn. Ond fyddai hi ddim yn golchi'r llaw y bu Peredur yn ei dal – am wythnos o leiaf.

"Mae Anwen yn ffodus iawn." Torrodd PC Dafis ar draws breuddwyd newydd Eli. "Am ryw reswm fe adawodd yr ymosodwr hi'n rhydd."

"Pam fyddai e'n gwneud hynny?" Ym meddwl Eli y peth hawsaf yn y byd fyddai lladd rhywun ar ôl ei herwgipio. Fel arall, sut y gallech chi wneud yn siŵr na fydden nhw'n siarad?

"Roedd e wedi rhoi tipyn o gyffuriau iddi er mwyn sicrhau ei bod yn anymwybodol. Mae'n bosib mai rhyw fath o arbrawf oedd Anwen. Efallai bod ei fryd ar rywun arall. Mae'n siŵr y cawn ni fwy o wybodaeth wrth i'r archwiliad fynd yn ei flaen." Gwasgodd PC Dafis fotwm a dechreuodd seiren y car ganu, ac fe wibion nhw ar hyd y strydoedd, a thrwy bob golau traffig coch. "Ar ôl i ti ein helpu gyda'r rhes adnabod y bore 'ma, bydd modd i ni holi'r dyn yr ydym yn amau iddo gyflawni'r drosedd yn fwy manwl."

Nid atebodd Eli. Aeth ei gwddf yn sych. Roedd hi'n rhyddhad eu bod wedi llwyddo i ddal dyn y fan wen y bore hwnnw hefyd, ond doedd hi ddim yn edrych ymlaen at ei weld wyneb yn wyneb. Nid hyd yn oed mewn gorsaf heddlu ddiogel.

Fe wibion nhw trwy'r dref. Roedd y seiren yn dal i ganu ar gerbyd PC Dafis. Gallai Eli weld pobl yn syllu arnyn nhw, yn ceisio dyfalu beth oedd ar droed. O dan amodau eraill byddai wedi bod yn gyffrous, ond heddiw golygai'r brys y bydden nhw'n cyrraedd gorsaf yr heddlu'n gynt. Byddai Eli yn yr un adeilad â dyn y fan wen. Doedd y ffaith nad oedd e wedi lladd Anwen ddim yn golygu nad oedd e wedi gwneud pethau atgas. Doedd e ddim wedi ei chipio hi i gael paned a chacen yn ei chwmni.

Ac yn ôl PC Dafis, doedd dim digon o dystiolaeth i'w arestio eto. Roedd problem gyda'r olion bysedd. Roedd tu mewn y fan yn broblem. Dim ond tystiolaeth Eli allai ei ddal. Ac os na allai'r heddlu sicrhau digon o dystiolaeth, byddai'n cael ei draed yn rhydd. Yn rhydd i chwilio am Eli. Yn rhydd i wneud iddi ddioddef am iddo gael ei ddal ...

Gwelodd wyneb yr hen ddyn yn ei meddwl eto. Y tro hwn roedd ganddo ddannedd miniog.

Dannedd Draciwla. Ac roedden nhw'n waed i gyd yn ei dychymyg.

Munudau'n ddiweddarach, fe gyrhaeddon nhw faes parcio gorsaf yr heddlu.

"Does dim eisiau i ti boeni." Daeth PC Jones i agor drws Eli. "Fyddwn ni ddim yn hir nawr."

Aethon nhw i'r adeilad. Dwedodd PC Jones rywbeth wrth yr heddwas y tu ôl i'r ddesg yn y cyntedd, yna arweiniodd PC Dafis hi i fyny'r grisiau. Aethon nhw i stafell gul a chanddi un ffenestr hir. "Mae popeth yn barod." Rhoddodd bapur a beiro i Eli. "Does dim angen i ti siarad hyd yn oed. Yr unig beth sy'n rhaid i ti ei wneud yw edrych trwy'r ffenest ar y dynion yn y rhes. Bydd pob un yn dal rhif. Os byddi di'n nabod y dyn welaist ti nos Sadwrn, sgrifenna'r rhif ar y papur. Ydy hynny'n glir?"

Roedd stumog Eli yn glymau i gyd. Crynodd. Roedd ei chalon fel petai'n colli curiad. "Mae arna i ofn y bydd e'n fy ngweld i."

"Na fydd. Ffenest unffordd yw hon. Ry'n ni'n gallu gweld trwyddi, ond does neb yn gallu ein gweld ni. Rwyt ti'n hollol saff."

Brwydrodd Eli yn erbyn ei hofnau. Roedd yn rhaid iddi wneud hyn. Fel arall, fyddai hi byth yn rhydd rhag y breuddwydion am waed a dannedd.

Chwech o ddynion oedd yno. Roedden nhw'n sefyll yn un rhes syth, yn syllu'n ddall o'u blaenau. Roedden nhw i gyd yn hen. Yn debyg iawn o ran taldra. Yr un gwallt gwyn. Ond doedd dim ots bod yna chwech hen ŵr tebyg yn y rhes adnabod. Dim ond un ohonyn nhw oedd yn bwysig. A gwyddai Eli yn union pa un oedd ef.

Ysgrifennu'r rhif yn gyflym a chamu oddi wrth y ffenestr oedd ei bwriad, ond er mawr syndod iddi fe'i cafodd ei hun yn ei astudio. Roedd hi wedi disgwyl gweld anghenfil. Roedd hi wedi disgwyl gweld rhyw fath o olau arswydus o'i gwmpas. Ei wefusau'n greulon, ei lygaid yn ddur gloyw. Ni allai weld dim byd tebyg. Roedd golwg ofnus arno, dyna i gyd. Yn fach, yn eiddil a gofidus. Ond yna dwedodd wrthi hi ei hun mai dyna'r tric roedd e'n ei chwarae. Actor oedd e. Twyllwr. Mewn ffordd roedd hynny yn llawer mwy dychrynllyd nag anghenfil danheddog. Fyddech chi byth yn aros i helpu anghenfil danheddog i ddod o hyd i'r ffordd.

Gan feddwl am hynny, sgrifennodd Eli'r rhif 4 ar y papur. Camodd o'r ffenestr.

Cydiodd PC Dafis yn y papur. "Rwyt ti wedi bod yn dyst gwych," gwenodd. "Bydd dy dystiolaeth yn gwneud byd o wahaniaeth. Cei di aros yn gysurus nawr yn y stafell gyfweld. Mae Steffan yn dod draw i dy nôl di yn y car."

Dilynodd Eli PC Dafis ar hyd y grisiau ac i stafell arall. Bu Steffan yn grêt ers nos Sadwrn. A bu'n poeni cymaint am Anwen hefyd. Roedd e wedi codi cyn y wawr, yn barod i ymuno â chriw chwilio cynta'r dydd.

Safodd PC Dafis ger y drws. "Eistedda fan'na. Mae 'na gylchgronau ar y bwrdd. Rhaid i mi fynd i sgrifennu adroddiadau nawr, ond fe wna i gysylltu'n fuan."

"Diolch." Unwaith roedd PC Dafis wedi mynd ceisiodd Eli ddarllen cylchgrawn, ond roedd hi'n methu canolbwyntio.

Doedd hi ddim hyd yn oed yn gallu edrych ar y lluniau. Yr unig beth allai hi ei weld oedd wyneb yr hen ddyn a'r olwg bryderus yn ei lygaid. Roedd hi'n dal i boeni nad oedd e'n edrych fel perfert.

Ond yna, po fwyaf roedd hi'n meddwl am y peth, sylweddolodd nad oedd hi'n gwybod sut rai oedd troseddwyr o unrhyw fath. Ymosodwyr. Lladron banc. Llofruddwyr. Fe allen nhw i gyd gerdded heibio iddi yn y stryd a fyddai dim syniad ganddi pwy oedden nhw mewn gwirionedd.

Roedd hi'n rhyddhad pan agorodd y drws a phan ddaeth Steffan i mewn. "Sori mod i wedi cymryd cymaint o amser – roedd bach o waith clirio gen i i'w wneud yn y fflat. Dwi'n mynd i'w gwerthu cyn hir."

Nodiodd Eli. Wythnos yn ôl byddai wedi dychryn o feddwl ei fod e'n gwerthu ei fflat. Byddai wedi dychryn achos byddai hynny'n golygu ei fod e'n bwriadu symud i fyw ati hi a Mam, ac aros yno am byth.

Nawr roedd e'n iawn. Roedd popeth yn iawn.

"Ti'n barod?" gwenodd.

"Ydw glei," gwenodd Eli hefyd.

Roedd hi'n ysu am gael dianc o'r lle dal perfs dychrynllyd yma, a throi yn ôl at fywyd normal unwaith eto.

Pennod 7
Ffau'r Llewod

Symudodd Toyota Steffan yn dawel ar hyd Lôn y Gorllewin. Roedd aroglau glân arno. Oglau ffres shampŵ. Aethon nhw heibio i fynedfa Lôn y Coed. Roedd tâp ar draws y fynedfa i rwystro pobl rhag mynd ar hyd y lôn. Gallai Eli weld cwpwl o geir yr heddlu ger cae Mr Bowen.

Doedd Steffan heb ofyn llwyth o gwestiynau, ac roedd hi'n ddiolchgar am hynny.

Roedd hi'n teimlo'n od nawr bod y cyfan ar ben. Yn wahanol. Nid hi oedd y ferch a oedd wedi gwylio Anwen a Peredur gyda'i gilydd yn genfigennus. Gallai unrhyw beth ddigwydd i unrhyw un, unrhyw adeg. Doedd hi byth am fod yn gas fel yna eto.

"Oes eisiau bwyd arnat ti?" Edrychodd Steffan arni drwy gornel ei lygad. "Gallen ni aros i gael bwyd yn rhywle?"

Siglodd Eli ei phen. Roedd hi'n dal i deimlo dipyn bach yn dost a sigledig. "Mae brechdanau a diod gen i. Ga i nhw ar ôl mynd 'nôl i'r ysgol."

"Does dim rhaid i ti fynd 'nôl i'r ysgol y bore 'ma. Galla i ffonio. Gallen ni wneud rhywbeth gyda'n gilydd," meddai Steffan.

Siglodd Eli ei phen eto. Ni allai hyd yn oed yr Eli newydd wynebu treulio diwrnod cyfan yng nghwmni Steffan. Byddai e'n siŵr o awgrymu diwrnod o "hwyl", ac yna ei llusgo o gwmpas amgueddfa neu rywbeth. "Rhaid i fi fynd 'nôl. Mae Mathemateg a Saesneg i ddilyn. Gwell i mi beidio colli'r ddau 'na."

Yn ei phen, gallai Eli ddychmygu beth fyddai Jen yn ei wneud petai wedi ei chlywed yn dweud hynny. Byddai'n chwyrnu chwerthin. Byddai'n llewygu hyd yn oed. Mewn gwirionedd, byddai Eli'n llewygu gyda hi. Byddai poen yn eu hochrau wrth rowlio a chwerthin.

Gwenodd wrth feddwl am y peth.

Efallai mai celwydd oedd y stori am y Mathemateg a'r Saesneg – ond roedd hi eisiau mynd 'nôl at ei ffrindiau. Roedd hi eisiau cael hwyl gyda Jen. Bod yn yr un lle â Peredur. Ac roedd hi hyd yn oed yn gweld eisiau Gruff hefyd.

"Ti wedi ymlacio tipyn nawr. Da iawn." Ciledrychodd Steffan arni eto. Ac yna, er mawr syndod i Eli, tynnodd un llaw oddi ar yr olwyn lywio a'i rhoi ar ei phen-glin.

Teimlodd ei hun yn rhewi y tu mewn. Oedd hawl gan Steffan gyffwrdd ynddi? Bydden nhw'n cyd-fyw cyn hir. Doedd hyn ddim yn iawn. Doedd hyn ddim yn deimlad da. Roedd yn deimlad mor braf pan wnaeth Peredur gyffwrdd ynddi. Roedd hi'n teimlo mor oer nawr.

Ar ôl ychydig symudodd ei choes dipyn bach, gan ei symud oddi wrtho. Cododd Steffan ei law a'i rhoi ar yr olwyn eto. Teimlai hi'n flin drosto. Roedd hi'n gas eto. Druan ag e, roedd e'n gwneud ei orau i fod yn gyfeillgar.

"Oes ots gen ti os gwna i alw am fwyd? Dwi wedi bod mor brysur yn y fflat trwy'r bore, dwi ddim wedi cael coffi hyd yn oed." Torrodd Steffan ar draws ei meddyliau.

"Na. Wrth gwrs. Iawn." Roedd Eli'n awyddus i wneud yn iawn am deimlo'n rhyfedd ar ôl iddo'i chyffwrdd hi. O leiaf doedd dim golwg siomedig arno.

Fe droeon nhw oddi ar Lôn y Gorllewin a gyrru ar hyd un o'r lonydd llai. Synnodd Eli. "Bydd mwy o lefydd bwyta yn y dre', ti ddim yn meddwl?"

"Dwi'n gwybod am le Tsieineaidd ffantastig – ychydig bach yn anghysbell, ond mae'n werth yr ymdrech. Mae'r cyw iâr chwerw a melys yn anfarwol. Unwaith byddi di'n gwynto'r bwyd byddi di drosto i i gyd, – eisiau rhannu'r bwyd." Chwarddodd Steffan.

Roedd y sŵn yn od. Fe sylweddolodd Eli nad oedd hi wedi ei glywed yn chwerthin erioed o'r blaen. Roedd y cyfan yn rhyfedd, clywed chwerthin yn dod o'i geg. Wrth iddyn nhw wibio heibio coed a chaeau a ffermydd doedd yr holl siwrnai yn sydyn ddim yn teimlo'n iawn. Ble roedd e'n mynd â hi? Beth oedd yn digwydd?

"Dyma ni." Arafodd Steffan y Toyota a pharcio y tu allan i res o siopau bach.

Roedd draig werdd wedi ei phaentio ar ffenest un ohonyn nhw, ac ar yr arwydd roedd y geiriau:

Ling-di-long – bwyd têc-awê Tsieineaidd.

Unwaith eto teimlai Eli'n flin nad oedd wedi ymddiried yn Steffan. Roedd yr holl fusnes gydag Anwen wedi ei gwneud yn nerfus. Byddai'n rhaid iddi roi trefn arni hi ei hun.

"Ti'n siŵr nad wyt ti eisiau dim byd?" Diffoddodd Steffan yr injan.

"Na. Wir. Does dim chwant bwyd arna i o gwbl."

"Olreit. Wna i ddim cloi'r drysau. Galli di ddod i mewn os byddi di'n teimlo'n unig." Chwarddodd yn od eto, camu o'r Toyota a mynd tuag at y têc-awê.

Eisteddodd Eli ac aros. Roedd Steffan yn cymryd oes. Rhaid eu bod wedi mynd i ddal yr iâr cyn ei choginio, neu rywbeth.

Tybed a oedd ganddo bapur newydd yng nghefn y Toyota, meddyliodd, a throdd i edrych. Dim byd. Roedd y sedd gefn fel pin mewn papur. Ai fe ei hun oedd wedi glanhau'r car? Doedd dim un arwydd o faw ar y llawr. Pwysodd 'nol ymhellach, gan droi fel ei bod yn gallu byseddu'r carped perffaith. Lladd amser, dyna i gyd.

Teimlodd ei bysedd rywbeth caled, darn o fetel efallai, o'r golwg o dan sedd y gyrrwr. Ha! Dyma dystiolaeth bod Steffan yn ddynol wedi'r cwbl. Rhaid mai darn o wifren oedd yno, neu rywbeth.

Cydiodd ynddo ac edrych arno.

Clustdlws cylchog aur.

Pennod 8
Ofn am ei Bywyd

Roedd llond bol o ofn ar Eli.

Dim ond un peth oedd yn esbonio'r clustdlws cylchog aur yng nghefn Toyota Steffan.

Yn sydyn, roedd popeth yn gwneud synnwyr.

Y ffordd roedd e wedi dod adref nos Sadwrn, wedi cynhyrfu'n lân ac yn gynddeiriog.

Y ffordd yr aeth allan yn wyllt i chwilio am y "dyn yn y fan wen".

Y clustdlws arall ac "eitemau" eraill ger y lle parcio – roedd e, mae'n rhaid, wedi eu rhoi yno.

Y ffordd roedd e mor awyddus i ddweud wrth yr heddlu.

Ar Eli roedd y bai. Roedd ei chelwydd wedi rhoi popeth iddo ar blât. Pryd têc-awê o dystiolaeth ffug y gallai Steffan ei ddefnyddio i'w ddiogelu ei hun. Ond pam roedd e wedi gwneud hynny? Pam roedd e wedi cipio Anwen fel yna? Ac yna cofiodd beth roedd PC Dafis wedi ei ddweud – efallai mai arbrawf oedd y cyfan. Efallai mai ymarfer oedd e. Efallai mai cael gwared ar Eli oedd ei fwriad mewn gwirionedd.

Crynai ei chorff i gyd.

O edrych i gyfeiriad Ling-di-long, gallai ei weld trwy'r ffenestr. Unrhyw funud nawr byddai'n talu am y bwyd. Unrhyw funud nawr byddai'n cerdded allan.

Ymbalfalodd Eli am glicied y drws.

Gan ddal y clustdlws o hyd, dringodd yn drafferthus o'r Toyota a rhedeg nerth ei thraed ar hyd y lôn.

Doedd hi erioed wedi rhedeg mor gyflym. Hyd yn oed ar ddiwrnod mabolgampau'r ysgol. Rhedeg fel petai ei bywyd yn dibynnu ar hynny. Ac roedd hynny'n wir.

Byddai'n siŵr o ddeall. Byddai'n siŵr o ddod ar ei hôl hi.

Roedd cloddiau trwchus ar hyd ochrau'r caeau. Roedd y lôn yn anwastad. Fe faglodd hi sawl gwaith. Chwyrnodd car y tu ôl iddi. A ddylai neidio i'r clawdd? A fyddai e'n ei gweld?

Gyrrodd y car heibio iddi. Nid Steffan oedd e. Nid y tro hwn.

Roedd pob anadl yn brifo. Roedd traed Eli'n brifo. Am y tro cyntaf roedd hi'n flin ei bod wedi mynnu gwisgo sgidiau ysgol â sawdl. Fe ddylai gael gwared arnynt – byddai'n gynt wedyn – ond oedd ganddi amser i wneud hynny?

Yn sydyn gwelodd fwlch rhwng y cloddiau.

Gwthiodd trwy'r bwlch ac yn ei blaen ar hyd llwybr cul a mwdlyd. Dyma ei hunig gyfle.

Hyd yn oed petai Steffan yn ei gweld, byddai'n cymryd munudau iddo barcio'r Toyota. Munudau gwerthfawr a allai ei hachub. Arhosodd am eiliad i dynnu ei sgidiau, ac ymlaen â hi gan redeg, gan edrych ar hyd y caeau am dractor a ffermwr cyfeillgar wrth yr olwyn.

Doedd yna neb – dim ond caeau a mwy o gaeau. Yn yr awyr gwelodd frain yn cylchu, fel fwlturiaid. Rhaid eu bod yn gallu synhwyro ei hofn.

Roedd ei thraed yn brifo. Roedd ganddi boen yn ei hochr. Roedd ei phen yn troi a theimlai'n sâl. Roedd yn rhaid iddi aros, neu byddai'n cwympo.

Ar y dde gwelodd glwstwr o lwyni. Gwyddai Eli beth allai hi ei wneud – gallai guddio yno a ffonio'r heddlu ar ei ffôn. Pam nad oedd wedi meddwl am hynny'n gynt?

Rhedodd a chuddiodd yng nghanol y tyfiant. Yna cwympodd ar ei phengliniau, gan chwilota yn ei phoced am y ffôn. Roedd ei bysedd yn crynu cymaint prin y gallai bwyso'r rhifau. Daliodd y ffôn wrth ei chlust – ond doedd e ddim yn canu. Dim llais cyfeillgar yr ochr draw.

Doedd dim signal ffôn yn y lle unig hwn, filltiroedd o bob man. Doedd dim gobaith cael help.

Ac yna clywodd Eli sŵn traed yn rhedeg.

Pennod 9
Amser Dweud y Gwir

Ciliodd Eli i ganol y mieri. Roedd y brigau'n crafu ei hwyneb. Rhoddodd ei llaw dros ei cheg i geisio mygu sŵn ei hanadlu afreolaidd.

Roedd y corff yn dod yn nes, heibio'r bwlch yn y clawdd. Roedd ei llygaid yn llawn arswyd. Mae'n siŵr ei fod yn dyfalu ble'r oedd hi. Yna, wrth iddi ei weld yn iawn, agorodd ei llygaid yn fwy byth. Sgrechiodd, sioc yn gorfodi ei enw dros ei gwefusau hi. "Gruff!"

Am eiliad credai ei fod am redeg heibio iddi a cheisiodd ymbalfalu ar ei thraed, yn barod i sgrechian eto.

Ond ymhen eiliad roedd Gruff wedi aros. Trodd yn ei ôl. Gwthiodd trwy'r bwlch.

"Eli? Beth rwyt ti'n ei wneud fan 'na?" Safodd, mewn penbleth, gan syllu ar ei hwyneb brwnt.

Baglodd Eli tuag ato.

Cydiodd yn dynn ynddi.

Doedd hi erioed wedi cael ei dal gan unrhyw un mor gryf nac mor gadarn. Roedd fel petai'n cael cwtsh gan goeden.

"Dwi'n methu credu'r peth."

Roedd ei llais yn ddagreuol a siaradai'n bytiog ac yn fyr ei gwynt. "Beth rwyt ti'n ei wneud fan hyn?"

Camodd Gruff am yn ôl er mwyn iddo allu ei gweld hi'n well. "Dyma un o fy llwybrau traws gwlad i. Dwi'n ymarfer fan hyn bob wythnos. Ond beth sy wedi digwydd?"

Dwedodd Eli'r hanes yn ddagreuol am Steffan a'r clustdlws cylchog aur, a'i chelwydd am y dyn yn y fan wen.

Cydiodd Gruff yn ei braich. "Chaiff Steffan ddim dy frifo di, ddim nawr mod i gyda ti. A dwi ddim ar fy mhen fy hun. Bydd y tîm cyfan yn gwibio heibio unrhyw funud. Ro'n i'n digwydd bod ar y blaen. Mae modd cael signal ffôn os awn

ni 'nôl ychydig. Fe awn ni yno a ffonio'r heddlu.
Fe wnaiff y lleill aros gyda ni." Yna, wrth sylwi
ei bod yn gloff, arhosodd a phlygu rhywfaint tuag
ati, "Dere – dere ar fy nghefn i – fe garia i ti."

Daliodd Eli ei gafael yn dynn, wrth iddo ei
chario hi ar ei gefn i fyd signalau ffôn a ffyrdd
call a phobl normal.

Roedd hi'n dal i deimlo'n sâl ac yn sigledig.
Roedd hi'n mynd i fod mewn tipyn o drwbwl am y
dyn yn y fan wen. Ac roedd pethau eraill poenus
y byddai'n rhaid iddi eu hwynebu.

Byddai ei Mam yn cael siom ofnadwy.

Efallai y byddai Peredur ac Anwen yn ei
chasáu hi.

Efallai y byddai pawb yn yr ysgol yn ei
chasáu hi.

Byddai hyd yn oed Jen yn siomedig nad oedd
hi wedi rhannu'r gwir â hi.

Wrth iddyn nhw fynd heibio'r gornel arafodd
Gruff. "Bydd dy ffôn yn gweithio nawr," meddai,
gan aros er mwyn iddi allu llithro oddi ar ei gefn.

Gafaelodd yn ei llaw wrth iddi ddechrau
gwasgu'r rhifau ar y ffôn, "Gad i mi wneud. Rwyt
ti'n dal i grynu."

Safodd ac aros wrth iddo ffonio. Ni ollyngodd ei llaw. Hyd yn oed pan oedd e wedi gorffen siarad. Hyd yn oed pan gyrhaeddodd gweddill y tîm, a phawb eisiau gwybod beth oedd yn digwydd.

"Diolch am – wel am – beidio â gweld bai arna i," meddai'n dawel, wrth iddyn nhw i gyd gerdded 'nôl i'r ffordd i aros am yr heddlu.

Gwasgodd Gruff ei bysedd. Roedd yn deimlad cynnes. "'Na beth mae ffrindiau'n dda," meddai.

Gwasgodd Eli fysedd Gruff hefyd. Doedd hi ddim yn haeddu ffrind fel fe.

Roedd hi'n mynd i wneud yn siŵr ei bod yn ei drin yn iawn o hyn ymlaen.

Ac efallai y byddai'r "dylwythen annheg" yn rhoi llonydd iddyn nhw o'r diwedd.